Friedrich Schiller

Ich habe mich rasieren lassen

Ein dramatischer Scherz

Friedrich Schiller

Ich habe mich rasieren lassen
Ein dramatischer Scherz

ISBN/EAN: 9783743635449

Hergestellt in Europa, USA, Kanada, Australien, Japan

Cover: Foto ©Andreas Hilbeck / pixelio.de

Weitere Bücher finden Sie auf **www.hansebooks.com**

Ich habe mich rasieren lassen.

Ein dramatischer Scherz

von

Friedrich von Schiller.

Aus der Originalhandschrift im Einverständniß mit der Familie Schiller's

zum erstenmal herausgegeben

von

Carl Künzel.

Leipzig,

Englische Kunst-Anstalt von A. H. Payne.

Vorwort.

Dem Publikum übergebe ich hiemit das bisher ungedruckte Lustspiel von Schiller, zu dessen Mittheilung ich in der letzten Zeit so dringend, mitunter selbst unsanft, gemahnt worden bin.

Wenn ich jetzt von manchen Seiten umgekehrt den Vorwurf zu vernehmen bekäme, etwas dazu nicht Geeignetes veröffentlicht zu haben, so wäre dies zwar nur der Lauf der Welt. Im Ernste jedoch darf ich das von dem deutschen Publikum nicht befürchten. Ihm ist Schiller längst so theuer, daß Alles von ihm es interessirt. Ueber den Reliquiencult mit Papierschnitzeln großer Geister mag man immer lachen: was ich hier gebe, ist eben kein bloßer Papierschnitzel. Doch über die Stellung und Bedeutung dieses Lustspiels in der Lebensgeschichte des Dichters hat auf meinen Wunsch ein Freund in der nachfolgenden Einleitung sich bereits hinlänglich verbreitet. So bleibt mir nur über die Art noch etwas zu sagen übrig, wie es in meinen Besitz gekommen, und über den Grund, warum ich es erst jetzt der Oeffentlichkeit übergebe.

Es war im Jahre 1833, als mein Interesse für Handschriften, das in mir jederzeit mit natürlicher Pietät für das Andenken und die Hinterbliebenen bedeutender Menschen verbunden war, bei einem Aufenthalt in Berlin mich veranlaßte, die Bekanntschaft der verwittweten Frau Staatsräthin Körner, damals einer Matrone von 71 Jahren, zu suchen.

Ich fand außer den schätzbaren Documenten und Erinnerungen, die sie bewahrte, bei ihr selbst eine so herzliche und gemüthliche Aufnahme, daß ich nicht nur auf spätern Reisen die Besuche bei ihr wiederholte, sondern daß sich auch ein Briefwechsel zwischen uns entspann, der, bis zu ihrem Tode im Jahre 1843 fortgesetzt, mir ein theures Denkmal der wahrhaft mütterlichen Theilnahme ist, deren die edle Frau mich werth gehalten.

So kam es, daß sie mir unter andern Gaben im Jahre 1837 die Handschrift des nachstehenden Schiller'schen Lustspiels schenkte. Dieselbe besteht aus drei Foliobogen, und ist durchaus (auch die Vorbemerkungen, Schiller's Rollen bei der muthmaßlichen Aufführung betreffend) von des Dichters eigener unverkennbarer Hand geschrieben; ihre Aechtheit mithin nach allen Seiten außer Zweifel.

Doch übergab mir die Besitzerin den Schatz nicht ohne Bedenken und Bedingungen. Ich mußte ihr unter dem 2. Jan. besagten Jahres mit meiner Namensunterschrift versprechen: „in gehöriger Zeit, d. h. ehe der Tod mahnt, das ganze Heft, oder doch wenigstens diejenigen Stellen vernichten zu wollen, die irgend eine Nuance von Schatten auf Körner's oder Schiller's Charakter werfen könnten."

Daß ich mich durch dieses der ehrwürdigen Matrone gegebene Versprechen gebunden fühlte, und daher bis vor Kurzem an eine Veröffentlichung des Lustspiels nicht dachte, wird man mir hoffentlich nicht verargen. Doch haben mich die in den letzten Jahren aus mehrfacher Veranlassung dringender gewordenen Aufforderungen bewogen, die Sache einem Kreise literarischer Freunde vorzulegen. Sie waren einstimmig der Meinung, daß ich mich von der vermeinten Verpflichtung losgesprochen betrachten dürfe. Die mir auferlegte Bedingung hebe sich von selbst auf, weil das, was sie voraussetze, wohl für die Aengstlichkeit einer alten Dame, aber nicht in Wirklichkeit vorhanden sei. Wenn Alles in dem Lustspiel unterdrückt werden solle, was einen Schatten auf Schiller's oder Körner's

Charakter werfen könne, urtheilten sie, so sei nichts zu unterdrücken, denn es sei nichts der Art verhanden. Da mit diesem Gutachten mein eigenes Gefühl übereinstimmte, so trug ich nicht länger Bedenken, den Aufforderungen zur Herausgabe dieser Schillerreliquie mich zu fügen.

Heilbronn, 10. November 1862.

Carl Künzel.

Einleitung.

Bis vor fünfzehn Jahren war der Name Christian Gottfried Körner's unter den Deutschen wenig bekannt. Theodor Körner war als der Dichter von Leier und Schwert, als Sänger und Opfer der Freiheitskriege, besonders unter der deutschen Jugend hochgefeiert; von ihm fiel wohl einiges entlehnte Licht auf den Vater zurück, von welchem Unterrichteten auch noch bekannt war, daß er mit Schiller in freundschaftlicher Verbindung gestanden habe; von ihm selbst jedoch wußte man zu wenig, um sich besonders für ihn zu interessiren, er war noch nicht als selbstständige Gestalt im Bewußtsein des deutschen Volkes lebendig geworden.

Das hat sich seit dem Erscheinen der vier Bände seines Briefwechsels mit Schiller geändert.

Bis dahin hatten die Deutschen in dem Briefwechsel zwischen Schiller und Goethe für das Verhältniß zweier ebenbürtigen Genien ein Musterbild gehabt, auf das sie alles Recht hatten, stolz zu sein. Denn so viel neidlose Anerkennung bei so vielem Anlaß zur Eifersucht, so viel gegenseitiges Verständniß bei so entschiedener Eigenthümlichkeit, eine so reine Auflösung des ursprünglichen Gegensatzes der Naturen und Richtungen zur schönsten Ergänzung und wechselseitigen Förderung, lag in der Literatur keines andern Volkes vor.

Der Briefwechsel Schiller's mit Körner, der nach achtzehn Jahren dem Schiller-Goethe'schen folgte, konnte nach dieser Seite sich nicht mit demselben messen. Von dem befruchtenden Verkehr zweier gleich productiven Geister war hier begreiflich nicht die Rede. Das Verhältniß war, was das Maß der geistigen Kraft betrifft, kein gleiches, sondern ein einseitiges; der Eine ebenso vorwiegend der Gebende, als der Andere der Empfangende. Aber es gibt auch eine Empfänglichkeit, die in ihrer Art exemplarisch ist. Dazu gehört, daß sie nicht nur rein, von gesundem Gefühl, gebildetem Sinn und tüchtigem Charakter getragen, sondern auch im Empfangen zugleich selbstthätig sei. Es liegen uns Briefwechsel von Dichtern mit selbstlosen Bewunderern und Lobhudlern vor, die so widrig sind, daß jene Dichter selbst nicht im Stande gewesen wären, sie fortzusetzen, wären sie wirklich Dichter und nicht bloße Virtuosen gewesen. Schiller würde sich auf einen solchen Briefwechsel nie eingelassen haben, und Körner war nicht der Mann, ihn zu führen. Bei aller Verehrung für den großen Freund, bei aller Vorliebe für dessen dichterische Eigenthümlichkeit, behält er sich doch über die Arbeiten desselben sein selbstständiges Urtheil vor, und nimmt keinen Anstand, es jederzeit freimüthig auszusprechen. Mit Nachdruck warnt er ihn, wo er ihn in Gefahr glaubt, von dem richtigen Wege abzuirren, und wird nicht müde, ihm das hohe Bild seines Berufes, wie er es erkannt hatte, vorzuhalten.

Aber nicht blos den Dichter bewunderte und liebte Körner in Schiller, sondern auch den Menschen; wie dieser hinwiederum in jenem nicht blos den wohlwollenden und einsichtigen Beurtheiler seiner Schöpfungen, sondern auch den Freund zu schätzen wußte. Es wäre arger Stumpfsinn, in dem Schiller-Goetheschen Briefwechsel diese rein menschliche Seite vermissen zu wollen. Unverkennbar hielt auch hier jeder im andern neben dem Genius den Menschen werth, und gibt ihr brieflicher Verkehr neben der geistigen und künstlerischen auch reiche sittliche Ausbeute. Ganz natürlich tritt jedoch, wo zwei in voller Productivität stehende Dichter sich einander mittheilen, jene menschlich-freundschaftliche Seite zurück. Und hierin besteht nun eben der klassische Werth des Briefwechsels zwischen Schiller und Körner. Wie wohlthätig aufrichtend gleich das erste Schreiben Körner's mit den Sendungen der ihm verbundenen Frauen auf den in Mannheim in trüben Verhältnissen und Stimmungen befangenen Schiller wirkte, ist bekannt. Und fortan bleibt Körner's treues Herz, sein besonnener und fester Sinn die Stätte, wo der Dichter in allen Lebens- und Gemüthswirren Theilnahme und Verständniß, Rath und werkthätige Hülfe sucht und allemal auch findet.

Teilen die Himmlischen
Einem der Erdegebornen
Viele Verwirrungen zu,
Und bereiten sie ihm
Von der Freude zu Schmerzen
Und von Schmerzen zur Freude
Tief erschütternden Uebergang:
Dann erziehen sie ihm
In der Nähe der Stadt
Oder am fernen Gestade,
Daß in Stunden der Noth
Auch die Hülfe bereit sei,
Einen ruhigen Freund.

So tief empfand und so genau wußte Goethe, und wußte es aus Erfahrung, was Freundschaft ist: aber ein ähnlicher klassischer Briefwechsel mit einem Freunde findet sich gleichwohl auf seiner Seite nicht. Das Verhältniß zu Lavater war zu vorübergehend; Jacobi, Herder, Knebel standen ihm innerlich zu fern und waren in zu viele anderweitige Verhältnisse verwickelt; Zelter endlich war ihm zu untergeordnet und der Briefwechsel mit demselben nur eine behagliche Erholung des alten Herrn. Aber — wie bezeichnend für die Eigenthümlichkeiten der beiden Dichter — an die Stelle des Freundes tritt bei Goethe die Freundin. Um die Zeit, da es galt, von dem wilden Brausen einer überschäumenden Jugend sich zur ruhigen Klarheit des Lebens wie des Dichtens zu läutern, auf demselben Wendepunkt, als Schiller'n sein Körner die Hand reichte, war zehn Jahre früher Goethe in die Kreise der Frau von Stein getreten. Den entsprechenden Einfluß, den der Freund auf Schiller, übte auf

Goethe die Freundin, und dem Briefwechsel des ersteren mit
Körner treten die Briefe des letzteren an Frau von Stein zur
Seite; nur daß man, während jene für sich verständlich sind,
bei diesen, da in Briefen an wie von Frauen das Beste zwischen
den Zeilen zu stehen pflegt, zum vollen Verständniß die feinen
und tiefeindringenden Bemerkungen des Herausgebers Adolf
Schöll hinzunehmen muß.

Kaum war zwischen Schiller und seinem neuen Freunde der
briefliche Verkehr angeknüpft, so begann es ihn auch schon in deffen
persönliche Nähe zu ziehen. Er fühlte die Nothwendigkeit, seinem
Leben eine andere Gestalt zu geben, und dazu sollte der Freund
ihm behülflich sein. Im Herbst 1785 kam Schiller in Dresden
an, wo er nun mit kurzen Unterbrechungen, die kleine Reisen
oder Landaufenthalte des einen oder andern Theils herbeiführ-
ten, beinahe zwei Jahre im vertrautesten Umgang mit Körner
und dessen Familie lebte. Daß zu diesem Kreise, außer Körner's
Frau, Minna, geb. Stock, und deren Schwester Dora, auch noch
der damalige Verlobte der letzteren, Ludwig Ferdinand Huber,
der spätere Ehenachfolger Georg Forster's, gehörte, ist bekannt.

Wie ernst die beiden Männer ihr Verhältniß nahmen, wie
angelegen es ihnen war, in demselben ein Ideal von Freundschaft, ähnlich dem Bunde zwischen Posa und Carlos, in dessen
Weiterrichtung Schiller eben damals begriffen war, zu verwirk-
lichen, es zu ihrer Veredlung und Vervollkommnung, zur gegen-
seitigen Förderung im Wirken für die Menschheit und deren
höchste Güter zu benutzen, liegt uns theils in ihrem Brief-

wechsel, theils in Schiller's philosophischen Briefen vor, in denen Julius und Raphael eben Schiller und Körner vorstellen. Von solcher Begeisterung und Erhebung nun aber ist die unerläßliche Kehrseite, die Probe gleichsam, daß das Verhältniß ein lebendiges Erdengewächs, kein bloß erträumtes Luftbild ist, der Humor, der sich in und aus demselben entwickelt. Er steht mit jener Begeisterung so wenig im Widerspruch, daß sie viel- mehr nur mit ihm zusammen das gesunde Ganze eines natürlich menschlichen Freundschaftsverkehrs ausmacht. Der Freund wird am Freunde gewisse Eigenheiten, gewisse unschädliche Schwächen gewahr, wird ebenso umgekehrt durch den Freund auf dergleichen an sich selbst aufmerksam gemacht, und ist der vertraute Kreis ein weiterer, so erhält nach und nach jedes Mitglied desselben neben der ernsten und idealen auch seine komische Rolle. Der Ernst der Freundschaft wird dadurch nicht aufgehoben, sondern nur gemildert; je höher der Freund steht, desto wohlthätiger ist es, seine Vollkommenheiten bisweilen durch jenes bunte Medium seiner Menschlichkeiten anschauen zu dürfen, und indem sich der Anschauende jederzeit dazu hergibt, auch von den Andern sich ebenso anschauen zu lassen, so fällt jede einseitige Selbstüberhebung weg.

Zunächst erzeugt und verbraucht sich solcher Humor münd- lich und gesellig, im täglichen Verkehr der Freunde und Freun- dinnen; befindet sich aber eine künstlerische Natur darunter, so sieht sich eine solche wohl auch zu komischen Productionen in ihrem Fache veranlaßt. Der Maler entwirft freundschaftliche

Caricaturen; Mozart's Bandl-Terzett hat einen ähnlichen Ur-
sprung; der Poet, der darum noch lange kein Schiller zu sein
braucht, wird ein Gedicht, einen Schwank, ein kleines Lustspiel
zum Besten geben.

Goethe erzählt uns in seinem Leben (Dichtung und Wahr-
heit XVII. Buch), wie er einst, zum Ersatz für eine vereitelte
Geburtstagsfeier seiner Lili, ein Lustspiel mit dem Titel: Sie
kommt nicht! geschrieben und damit den Familien- und Freundes-
kreis überrascht und ergötzt habe. In diesem Lustspiel waren,
wie Goethe sagt, die Domestiken, die Kinder, „nach dem Leben
gebildet"; Herr und Frau übten „eigenthümliche Thätigkeiten
und Einwirkungen"; die Hausfreunde „traten charakteristisch
ein"; ein Bote erschien, „der, als eine Art von lustigem Hin-
undwiederträger, berechtigt war, auch eine Charakterrolle mit-
zuspielen"; gewisse „anmuthige Eigenheiten" der abwesenden
Geliebten kamen zur Sprache; bis endlich die durch ihr Aus-
bleiben erregte Verwirrung durch das Eingreifen eines „muster-
haft ruhigen Onkels" sich heiter löste. Das Stück blieb in der
kunstlosen, nur für den nächsten Kreis bestimmten Form liegen,
und ging so verloren; während Goethe andere, ursprünglich in
ähnlicher Art empfangene Dichtungen, wie die Laune des Ver-
liebten, Satyros, Pater Brei, in die Kunstform erhob, oder ihr
wenigstens annäherte.

Von Schiller ist ein lyrisches Product seines heitern Ver-
kehrs mit der Körner'schen Familie längst auch durch den Druck
bekannt: es ist das „unterthänigste Promemoria an die Consi-

sterialrath Körner'sche weibliche Waschdeputation, eingereicht
von einem niedergeschlagenen Trauerspieldichter in Loschwitz."*)
Daß er aber gelegentlich wohl auch über seinen poetischen Be-
rufskreis hinausgriff und sich den Freunden als Maler preis-
gab, zeigen die zu Körner's Geburtstag im Jahre 1786 von
ihm gefertigten Bilder (siehe Schiller's Briefwechsel mit Körner, II., S. 200,) die sich, eine denkwürdige Reliquie, im Besitze
des Herausgebers dieser Blätter befinden. Ganz in seinem
eigensten Fach arbeitete dagegen Schiller, als er für eben-
denselben Kreis den dramatischen Scherz dichtete, der hier zum
erstenmal dem Druck übergeben wird.

Derselbe ist auch insofern ein Seitenstück zu dem verlorenen
Goethe'schen, als er sich ebenso zur Aufgabe macht, die dem
Freundeskreise angehörigen Personen, nebst noch etlichen andern,
die denselben mehr äußerlich berührten, jede in ihrer den übrigen
wohlbekannten Persönlichkeit und Eigenheit erscheinen zu lassen.
Der Mittelpunkt des Ganzen und der Zielpunkt der freund-
schaftlichen Neckerei ist Körner, dessen Wesen dem Dichter
während ihres Zusammenlebens, unbeschadet seines hohen
geistigen und sittlichen Werthes, doch auch komische Seiten ge-
boten hatte. Der Sitz dieser Komik in dem Verhältniß beider
Freunde war der Contrast ihrer Naturen, oder vielmehr ein

---

*) Ganz den gleichen Ton hat der weitere Titel des erwähnten
Goethe'schen Lustspiels: „Ein jammervolles Familienstück, welches, geklagt
sei es Gott, den 20. Juni 1775 in Offenbach am Main auf das allernatür-
lichste wird aufgeführt werden."

vermöge dieses Contrasts dem Dichter um so merklicher gewordener Widerspruch in der Natur seines Freundes. Schiller's eminenter Productivität stand in Körner eine ausgezeichnete Empfänglichkeit gegenüber, die, weil ächte Empfänglichkeit nicht ohne Reproduction ist, sich wohl selbst auch zur Production gemuthet fand, ohne daß gleichwohl, weil sie doch eben bloße Empfänglichkeit war, dabei etwas herauskommen konnte. Körner war ein weit über den Kreis seines Faches (der Rechtswissenschaft) hinaus gebildeter, mit den Alten, mit Philosophie und Geschichte vertrauter, an Kunst und Literatur lebhaft theilnehmender Mann, der nun an die Seite eines Schiller gestellt, von ihm täglich angeregt, wohl auch zur Mitarbeit aufgefordert, stets Anstalt dazu machte, aber selten etwas zu Stande brachte, sich immer mit literarischen Entwürfen trug, die aber größtentheils Entwürfe blieben. Damals zur Thalia, später zu den Horen, sollte er Beiträge liefern: aber trotz wiederholter Mahnungen von Seiten Schiller's, die uns in dem Briefwechsel erhalten sind, lief entweder nichts, oder das Versprochene lief später ein und fiel weit magerer aus, als erwartet worden; obwohl, was einlief, stets willkommen, und besonders so weit es aus reproductiver Kritik bestand, auch tüchtig und gediegen war. Stellte der Dichter den Freund über diesen Mißstand zur Rede, zog er ihn mit seinem Nichtsvorsichbringen auf, so wandte dieser wohl die vielen Störungen vor, die Familie, Amt und Verhältnisse ihm unvermeidlich bereiten. Wenn Schiller einmal, während einer Abwesenheit Körner's in dessen Wohnung hausend, an ihn schreibt: „Auf Deinem Zimmer, welches zu Deiner Schande gesagt sei, läßt sich's trefflich arbeiten" (Briefwechsel I., S. 79), so sehen wir, wie Körner sich oft beklagt haben mag, auf seinem Stubirzimmer nicht ungestört arbeiten zu können. Allein es wird Niemand leicht gestört, der nicht eben leicht zu stören ist; es wird Keiner fortwährend überlaufen, der sich nicht mit den Ueberlaufenden mehr als billig einläßt, und einer Natur, welche, wie die Körner's, zwischen dem Geschäftsmann und dem Literaten, dem Staatsbeamten und dem Poeten schwankt, einer so dilettantischen und überdies so milden und wohlwollenden Natur fehlt leicht auch im Leben die herbe Entschiedenheit, die erforderlich ist, wenn man nicht mißbraucht werden will. Aber eine liebenswürdige Schwachheit ist dies gewiß: und in dieser Schwachheit hat Schiller den Freund in diesem Schwanke in Scene gesetzt. Die übrigen Figuren: die Frauen, Huber, die andringenden Bekannten und Nebenpersonen, sind nur mit wenigen Strichen, doch dem eingeweihten Kreise, und bis zu einer gewissen Grenze auch uns noch, verständlich genug gezeichnet; was zur nöthigen Erläuterung des Persönlichen und Sächlichen noch aufzufinden war, ist in Anmerkungen hinter dem Texte beigebracht.

Einen Titel hatte der Dichter seinem Schwanke nicht gegeben; den Inhalt desselben würde allenfalls „Ein verlorner Vormittag", oder auch „Ein Vormittag" schlechtweg, nicht übel bezeichnet haben; doch näher boten sich am Ende die drastischen Schlußworte im Munde Körner's dar.

Als der Zeitraum, innerhalb dessen die Abfassung des kleinen Stückes fallen muß, ist, wie sich von selbst versteht, die Dauer von Schiller's Aufenthalt in Dresden zu betrachten. Er erscheint daselbst, dem Briefwechsel zufolge, seit dem 12. September 1785, und zieht von da nach Weimar ab nach der Mitte Juli 1787. Innerhalb dieses Rahmens jedoch geben uns einzelne Stellen des Lustspiels noch nähere Anhaltspunkte. Der darin auftretende Professor Becker bringt Körner'n die Neuigkeit, „daß wir Adelung hieher bekommen," und setzt selbstgefällig hinzu, die ganze Sache sei durch ihn gegangen, indem er dem Minister den Gedanken unter den Fuß gegeben. Nun wissen wir, daß im Jahr 1787 Adelung wirklich als Hofrath und Oberbibliothekar nach Dresden kam, und fast gleichlautend mit der Stelle des Lustspiels schreibt Schiller am 30. December 1786 an Körner nach Leipzig: „Becker sagt mir, daß Adelung zum Oberbibliothekar in Vorschlag gebracht sei, und zwar durch seine Betreibung." (Briefwechsel 1., S. 73). Könnten wir hiernach geneigt sein, das Lustspiel in den Anfang des Jahres 1787 zu setzen, so dürfen wir doch nicht außer Acht lassen, daß in dem Briefe nur erst von dem Vorschlag, im Lustspiel aber von der Herkunft des Vorgeschlagenen als einer richtig gemachten Sache die Rede ist; was doch, seit dem Vorschlag, noch etwas Zeit erfordert haben mag. Wirklich führt uns auch eine andere Notiz des Lustspiels um ein Ziemliches tiefer in das genannte Jahr herunter. Der darin auftretende Haase meldet nämlich dem neuigkeitslustigen Consistorialrath, was dieser übrigens schon weiß und sich darüber freut, „daß die Lamotte echappirt ist." Es entsprang aber diese berüchtigte Urheberin der Hals-bandgeschichte aus der Salpetrière zu Paris am 5. Juni 1787. Nehmen wir nun einerseits die Zeit in Anschlag, die nach dama-ligem Posten- und Zeitungslauf eine Neuigkeit von Paris bis Dresden brauchte, und erinnern uns andrerseits, daß am 21. Juli desselben Jahres Schiller aus Dresden in Weimar ankam: so haben wir in den 5—6 Wochen zwischen beiden Ter-minen die Zeit, innerhalb deren unser Lustspiel verfaßt sein muß. Da wir aus einem (schon angeführten) Briefe Schiller's wissen, daß er die oben erwähnten scherzhaften Bilder zum Geburtstage Körner's, dem 2. Juli 1786, gemalt hatte, so ließe sich denken, er habe den des Jahres 1787 durch diesen drama-tischen Scherz erheitern wollen, bei dessen Aufführung im Freundeskreise, wenn sie wirklich zu Stande kam, der Dichter, laut einer Vorbemerkung in der Handschrift, mehrere Rollen selbst übernommen hätte.

Diese Reliquie von Schiller nun in den Druck zu geben, könnte sich der Herausgeber schon durch die vielseitigen Auf-forderungen berechtigt glauben, die, zum Theil nicht in der feinsten Form, öffentlich an ihn ergangen sind. Was ihn bis jetzt davon abgehalten, und inwiefern er jenes Bedenken nun-mehr als erledigt erachtet, hat er selbst im Vorworte gesagt. Doch wäre auch so seine Berechtigung nur erst eine persönliche; es fragt sich immer noch, ob das kleine Stück auch an sich, lite-rarisch betrachtet, druckfähig ist. Daß Schiller es nicht für

ten Druck geschrieben hat, noch auch später jemals zum Druck
gegeben haben würde, ist augenscheinlich. Es hatte seine Be-
stimmung nur für einen engern Kreis, war kein Kunstwerk für
das Publikum und die Nachwelt, sondern ein kunstloser Scherz für
die Freunde und für den Augenblick. Wenn Viehoff (freilich
ohne das Stück gesehen zu haben) vermuthete, es werde uns den
Dichter vielleicht von einer ganz neuen Seite zeigen (Schiller's
Leben von K. Hoffmeister, ergänzt und herausgegeben von
H. Viehoff 1., S. 253); wenn A. v. Wolzogen (in gleicher
Lage) ein Werk prognosticirte, in welchem der in den Räubern,
Cabale und Liebe und Wallenstein's Lager nur bruchstückweise
hervortretende Humor des Dichters als „ein abgeschlossenes
Ganze" erscheine, der große Tragiker sich zugleich als großen
Komiker zeige, „das ideale Pathos dessen, der den Don Carlos
und die Jungfrau gedichtet, in das entgegengesetzte Extrem, in
die derbste, vielleicht niedrigste Komik umschlage" (Allg. Zeitung,
Beilage vom 19. December 1859): so war das freilich, wie
sich der Leser nun selbst überzeugen kann, bedeutend fehlgegriffen.
Aber Schiller ist ja der deutschen Nation nicht blos als Dichter,
sondern mindestens ebensosehr als Mensch lieb und theuer;
seine Freunde sind die unsrigen; wir theilen seine Freuden und
seine Leiden, wir folgen ihm gerne, wie auf die hohe Gartenzinne,

Von wannen er der Sterne Wort vernahm,

wo er

sich und uns zu köstlichem Gewinne

die Zeiten des Tags und der Nacht wundersam verwechselte, so auch in die trauten Kreise der Familie und der Freunde, wo er sich erholte, wo er unter Scherz und Neden Mensch mit Menschen war. So demnach, wie schon anderswo von uns gesagt worden, nicht als neue Offenbarung seines dichterischen Genius, sondern als anspruchsloser Beleg,

wie bequem gesellig
Den boben Mann der gute Tag gezeigt,

möge dieses kleine Lustspiel, die kunstlose Blüthe eines unvergeßlichen Freundschaftsbundes, den Verehrern Schiller's empfohlen sein.

Ich habe mich rasieren lassen.

Schiller

1. als Schiller.

   Sommermanchester. Gelbe Pantoffel. Total.

2. als Seifenbekannter. Schuh und Strümpfe. Noten. Hut.

3. als Wolfin. Weiberrock. Salope. Haube.

4. Schuhmacher. Mantel. Stiefel. Schuhe.

5. Candidat. Schwarze Weste. Dissertation. Schuhe und Strümpfe. Schwarzer Rock.

— — —

Körner's Studierzimmer.

Ein Schreibtisch. Einige Sessel. Bücher. Alte Kleider. Wäsche.

Körner [1])

(im Schlafrock und Pantoffel, stehend vor einem Tische schreibend, dann aufstehend).

Endlich doch ein Vormittag, der mein ist. Ich will ihn auch benutzen, (ruft) Gottlieb!

Gottlieb [2])

tritt auf.

Herr Doctor!

Körner

(fortschreibend).

Rasieren!

(Gottlieb setzt einen Stuhl, zieht Messer ab, macht Seife an u. s. f.)

Schiller
tritt auf.

Guten Morgen, Körner.

Körner.

Guten Morgen — Nun?

Schiller.

Schreibst Du an Göschen heute?

Körner.

Natur! Du schickst Manuscript fort?

Schiller.

Ich komme eben, Deinen Raphael abzuhohlen.

Körner.

Ja. Ja. Wir wollen sehen.

Schiller.

Du hast ihn doch fertig, Körner?

Körner.

Auf meinem Schreibtisch ligt, was ich gemacht habe.

Schiller
(sucht, liest).

„Ein Glück, wie das unsrige, Julius, ohne Unter-
brechung, wäre zuviel für ein menschliches ³) — — —
Wo gehts denn fort?

Körner.

Das ist alles.

Schiller.

Ach du lieber Gott! — Da bin ich wieder angeführt.

Körner.

Laß nur gut sein. Ich habe noch Zeit biß zum Con-sistorium.

Schiller.

Den Augenblick schlägts neun Uhr.

Körner.

Mach er, Gottlieb! Mach er! —

Minna [4)]
tritt auf.

Da steht er wieder und hält meinen Mann nur auf. Sieht er denn nicht, daß er in's Consistorium muß? — Hanswurst!

Schiller.

Nu! nu! Ich sage nur —

Minna
(steht lange in einer arbeitenden Stellung, endlich mit schrecklichem Durchbruch).

Allzeit! —

Körner.

Bis ruhig, Miezchen. Ich habe noch Zeit genug.

Gottlieb.

Es klopft Jemand.

Körner.

Gottlieb, seh er nach. (Gottlieb hinaus.)

Gottlieb

(kommt gleich wieder).

Der Seifenbekannte, Herr Doctor!

(Minna und Schiller ab.)

Körner.

Muß mir denn der just jetzt über den Hals kommen!
Laß er ihn 'rein.

Seifenbekannter [5]

tritt auf.

Ich mache dem Herrn Oberkonsistorialrath meine
unterthänige Empfehlung! — Da bring ich die Musikalien.

Körner.

Dank Ihnen! Herr — —. Mein Herr! Wollen
Sie es nur dort hinlegen.

Seifenbekannter.

(Eine Symphonie von van Hall ist darunter, die dem Herrn Oberkonsistorialrath gewiß gefallen wird.

Körner.

So! So!

Seifenbekannter.

Wenn der Herr Oberkonsistorialrath etwas von Sonaten brauchen? Ich habe eine prächtige von Gluck!

Körner.

Sehr obligiert! — Ich habe Ihnen auch noch einen Akt von Carlos zu bezahlen.

Seifenbekannter.

Nach Bequemlichkeit, Herr Doctor, nach Bequemlichkeit!

Körner.

Ich bin jetzt nur ein wenig pressiert.

Seifenbekannter.

(empfiehlt sich).

Ich will nicht inkommodieren, Herr Oberkonsistorialrath. Es kann anstehen biß morgen. Empfehle mich ganz ergebenst.

Professor Becker tritt auf.

Becker [6]
(mit einem Kupferstich).

Schönen guten Morgen.

Körner.

Bon jour, Professor. Was bringen Sie da Neues?

Becker.

Einen . . . . [7] Ein vortrefliches Blatt!

Körner.

Ein braves Blatt!

Becker.

Ich und die russische Kaiserin sind jezt die einzigen in Europa, die noch Abdrücke davon haben.

Körner.

Ein tüchtiges Blatt!

Becker.

Das meinige aber ist das Beste.

Körner.

Ja. Ja.

Minna

tritt auf.

Mach daß Du fertig wirst, Körner. Neun Uhr ist
vorbei.

Körner.

Gleich! gleich!

Minna.

Guten Morgen Professor. Wie stehts mit der Ge-
sundheit?

Becker.

Passiert. Diesen Morgen hab ich mir ein Geschwür
aufschneiden lassen.

(Minna speit sich und läuft davon.)

Körner.

Nichts neues, Professor?

Becker.

Nichts als daß wir Adelung *) hieher bekommen!

Körner.

Ists richtig? — Das ist eine charmante Acqui-
sition!

Becker.

Die ganze Sache ist durch mich gegangen. Ich war
zum Diner beim Minister Gutschmidt, wo wir langes
und breites darüber sprachen.

Körner.

A propos, lieber Becker. Ich habe da von Leipzig
einen raren Elephantenzahn überschickt bekommen —

Gottlieb.

(Es pocht Jemand, Herr Doctor (hinaus).

Becker.

Die Stelle ist mir angetragen worden, aber was
sollst du einem andern das Brod nehmen, dacht ich.
Adelung verdient Aufmunterung —

Gottlieb
(kommt zurück.)

Ihr Bedienter, Herr Professor. (Becker ab.) Die
Journale für Neumann.

Körner.

Dort unterm Tisch — in der Wäsche. Such er sie
zusammen.

Dorchen *)
tritt auf.

Das Wirthschaftsgeld ist alle, Körner, Du mußt mir
neues geben.

Körner.

Wie viel brauchst Du?

Dorchen.

Drei Thaler für den Buttermann. Sechs für den Fleischer.

Körner.

Donner auch! — Was ist heute?

Dorchen.

Montag.

Körner.

Da muß ein Brief kommen von Weber!

Gottlieb.

Alle, der Zeitungsmann!

(Dorchen eilt hinaus.)

Körner.

Wer pocht schon wieder?

Gottlieb.

Der Schuhmacher und Schneider Miller!

Körner.

Just zur Unzeit. Sollen 'rein kommen.

Schneider Miller,[10] **Schuster**
treten auf.

Beide.

Schönen guten Morgen, Herr Oberkonsistorialrath.

Körner.

Schönen Dank!

Schuster.

Ich möchte gern das Maaß nehmen zu den Stiefeln.

Schneider.

Und ich die Weste anprobieren.

Körner.

Ja! Gleich!

Minna
tritt auf.

Mach! mach Körner, daß Du in die Session kommst.
Eben hats zehn Uhr geschlagen.

Körner.

Ich bin auch gleich fertig. Gib mir einen Kuß kleine
Maus.

Minna.

Willst Du noch eine Tasse, Körner?

Körner.

Gib mir noch eine Tasse, Miezchen.

Huber [11])
tritt auf.

Ich bringe Dir den Rienzi, Körner. Hast Du Zeit,
so will ich ihn vorlesen.

Körner.

Schicke!*)

(Schuster kniet, und mißt Stiefel an, Gottlieb rasiert, Minna
bringt eine Tasse, Huber geht auf und ab, liest.)

Huber.

„Rom ist zweimal der Sitz einer Universal — —

Schuhmacher.

Hohe oder niedre Absätze, Herr Oberkonsistorialrath?

Körner.

Mittel —

Huber.

— „einer Universalmonarchie gewesen.

Minna.

Ist der Kaffe auch süß genug, Körner?

Körner.

Ja, kleine Maus.

Huber.

„Rom ist zweimal der Sitz einer Universalmonarchie
gewesen."

Minna

(gibt ihm eine Ohrfeige, ab).

Pack er ein mit seinem Wisch — Esel!

*) So steht deutlich im Manuscript.

Haase tritt auf.

Haase. [12]

Guten Morgen Körnerscher.

Körner.

Gott grüsse, Haase. Wie gehts?

Haase.

Schleicht.

Körner.

Was Neues in der Welt?

Haase.

Nichts. Daß die la Motte echappiert ist, weißt Du.

Körner.

Ja. Das freut mich.

Haase. [13]

Du hast zu thun. Ich will einstweilen in eine andere Gasse gehen (ab).

Dorchen

tritt auf.

Der Stadtrichter, [14] Körner.

Körner.

Schaff ihn fort. Ich bin nicht zu Hause.

Dorchen.

Ja! Da ligt er nun mir auf dem Halse. [15])

Baffenge [16])

tritt auf.

Guten Morgen! guten Morgen.

Körner.

Ah guten Tag Herr Baffenge.

Baffenge.

Ich komme, Sie zu meinem Kinde zu Gevatter zu bitten.

Körner.

Gehorsamer Diener! Gehorsamer Diener! — Ein Junge oder ein Mädchen?

Baffenge.

Ein Mädchen vor dißmal.

Körner.

Meine Frau ist drinnen. Ich bin gleich fertig.

Baffenge.

Will nicht incommodiren (ab).

Wolfin [17])

streckt den Kopf zur Thüre herein.

Darf man herein Herr Doctor?

Körner.

Wird mir eine Ehre seyn — Schönen Tag Madame.

Wolfin.

Ich scheere mich gleich wieder. Ich wollte ihnen nur einen guten Morgen geben.

Körner.

Ih schönen Dank!

Wolfin.

Ich sehe, daß Sie zu thun haben. Ich geniere Sie doch nicht?

Körner.

Nicht im geringsten, Madame Wolfin.

Wolfin.

Sonst geh ich gleich wieder. (setzt sich.)

Körner.

Herrliches Wetter, Madame Wolfin.

Wolfin.

Sie haben da eine scharmante Leinwand. Was gilt die Elle?

Körner.

Das kann Ihnen meine Frau sagen.

Wolfn.

Die Seſſel ſind recht hübſch überzogen. Wo haben
Sie den Zeug her? Gewiß aus Leipzig?

Körner.

Fragen Sie meine Frau.

Wolfn.

A propos. Wie ſtehts mit dem Weine?

Körner.

Die Proben haben wir ausgetrunken. Er iſt recht gut.

Wolfn.

Wie viel befehlen Sie?

Körner.

Vor der Hand nichts. Ich bin noch verſehen.

Dorchen
kommt.

Graf Schönburg!

Körner.

Hohl ihn der Teufel! — Es wird mir eine Ehre
ſeyn.

Wolfn
ab mit Dorchen.

Da muß ich mich trollen.

Schönburg [18] tritt auf.

Körner.

Bonjour Msr. le Comte. Willkommen!

Schönburg.

Ich habe einen herrlichen Schimmel zu verkaufen.
Wissen Sie mir einen Liebhaber?

Körner.

Wie theuer?

Schönburg.

Eine Lumperei. Sechzig Louisdors.

Körner.

Ich wüßte niemand.

Schönburg.

Sie haben eine gute Erbschaft gethan, wie ich höre?

Körner.

Geht mit.

Schönburg.

Ich habe Commission für einen guten Freund Geld
aufzunehmen.

Körner.

So. So.

Schönburg.

Der Mann ist sicher wie Gold. Auf mein Wort.

Körner.

Zweifle gar nicht.

Schönburg.

Hätten Sie vielleicht einiges vorräthig?

Körner.

Wir wollen ein andermal davon reden.

Schönburg

knallt mit der Peitsche.

Wo sind ihre Weiber?

Körner.

Vorn. Lassen sich frisieren. (Schönburg ab.)

Köchin

tritt auf.

Der Meier vom Weinberg!

Körner.

Hab jetzt keine Zeit. Soll nach dem Essen wiederkommen.

Brümann

tritt auf.

Kann ich die Claviere stimmen, Herr Oberkonsistorialrath?

Körner.

Gehen Sie nur hinein, Herr Bellmann.

Dorchen

tritt auf.

Der Tischler, Körner.

Körner.

Was will er?

Dorchen.

Er bringt eine Rechnung.

Körner.

Hohl ihn der Teufel. Er kann nach dem Essen wiederkommen. Noch kein Briefträger da gewesen?

Dorchen.

Nein (ab).

Minna.

Mach, mach Körner. Den Augenblick schlägts zwölf Uhr.

Körner.

Donner auch. — Ich eile was ich kann, aber ich kann doch nicht hexen.

Minna

(empfindlich).

Ich bin ja nicht Schuld daran. Brauchst Du mich denn so anzufahren?

Körner.

Bis nicht böse, kleine Maus. Hab's nicht gern gethan.

Minna.

Allzeit muß ich's entgelten! (ab).

(Man pocht.)

Körner.

Wer pocht schon wieder? Will das währen bis an den jüngsten Tag?

Gottlieb

(hinaus, kommt wieder).

Ein Kandidat, Herr Doctor!

Körner

(steht erbost auf).

Daß Dich alle Teufel —

Candidat.

(demüthig.)

Ich gebe mir die Ehre, dem Herrn Consistorialrath meine Dissertation de Transsubstantiatione zu überreichen.

Körner.

Er kann mich . . . . [18])

(Candidat geht stumm ab.)

Körner.

Was hab ich gesagt? — Ich glaube der Mann ist beleidigt. Lauf er ihm nach, Gottlieb. Ich laß ihn zum Essen bitten.

(Gottlieb ab.)

Minna. Schiller. Huber.

rennen in's Zimmer. Alle zugleich!

Kunze [20]) ist hier aus Leipzig! — Körner! Kunze ist hier.

(rennen fort).

Körners Monolog.

So muß ich eilen und meine Hosen anziehen. Endlich bin ich allein. Mein schöner Vormittag! O mein herrlicher Vormittag!

(er zieht seine Hosen an.)

Dorchen

(rennt hinein).

Körner, Kunze ist (sie erblickt seine Hosen und flieht mit einem Schrei fort.) O Himmel und Erde! [19])

Gottlieb.

Ein Brief aus Leipzig, Herr Doctor!

Körner.

Endlich! Gott sei Lob und Dank!

Schiller. Huber. Minna. Dorchen.

(eilig.)

Du hast Briefe, Körner! Von Weber?*)

Körner

(erbricht ihn, wirft ihn trostlos von sich).

Vom Vetter aus Weimar!**)

(Alle sieben starr.)

Gottlieb.

Es schlägt Ein Uhr, Herr Doctor.

Körner.

Da ist's zu spät ins Consistorium! Lauf er hinein, Gottlieb! Ich lasse mich für heute entschuldigen!

Dorchen. Minna. Schiller. Huber.

Aber lieber Gott! Wie hast Du den ganzen Vormittag hingebracht?

Körner

(in wichtiger Stellung).

Ich habe mich rasieren lassen!

(Der Verhang fällt.)

Erläuterungen.

„Christian Gottfried Körner", — geboren den 2. Juli
1756 (mithin 3 Jahre und etliche Monate vor Schiller) zu Leipzig
als Sohn des Superintendenten und Predigers an St. Thomas
daselbst, studirte die Rechte auf den Universitäten von Leipzig und
Göttingen und durchreiste, nachdem er sich auf ersterer die juristische
Doctorwürde erworben und sich als Privatdocent habilitirt hatte,
Deutschland, die Niederlande, England und Frankreich. Nach
seiner Rückkehr wurde er 1781 als Consistorialadvokat in seiner
Vaterstadt angestellt, und 1783 als Rath an das Oberconsistorium
in Dresden versetzt, wozu im folgenden Jahre noch die Functionen
eines Assessors der Landesöconomie=, Manufactur= und Com=
merzien=Deputation kamen. 1790 zum Appellationsrath ernannt,
wurde er 1813 nach der Einnahme Dresdens durch die Alliirten als
Rath in das Generalgouvernement, dessen Chef der Fürst Repnin
war, berufen, und ging nach Auflösung dieser Behörde 1815 als

preußischer Staatsrath (seit 1817 Geheimer Oberregierungsrath) nach Berlin, wo er am 13. Mai 1831 starb.

¹) S. 25.

Gottlieb — Körner's Bedienter, der, wie hier zum Rasieren, so in Nothfällen auch zum Abschreiben gebraucht wurde. S. Schiller's Briefwechsel mit Körner. Berlin 1847, I, S. 93.

²) S. 26.

„Ein Glück, wie das unsrige, Julius, ohne Unter= brechung, wäre zu viel für ein menschliches — —" — sind die Anfangsworte des ersten Briefes von Raphael an Julius in den Philosophischen Briefen, die damals in der Rheinischen Thalia erschienen, jetzt in Schiller's Werken, Ausgabe von 1847, Thl. X, S. 276. Den zweiten und letzten Raphaels= brief (ebendaselbst S. 295) sandte Körner am 4. April 1788 an Schiller nach Weimar; Briefwechsel I. S. 275.

⁴) S. 27.

„Minna" — eigentlich Anna Maria Jacobine, die jüngere Tochter des Kupferstechers Stock zu Leipzig, geboren zu Nürnberg den 11. März 1762, wurde Körner's Frau am 7. August 1785 und starb als Wittwe zu Berlin am 20. August 1843.

⁵) S. 28.

Seifenbekannter. — Wer dieses Individuum war, und welchem Umstand es seine spaßhafte Benennung verdankte, ist nicht mehr zu ermitteln gewesen. Was Körner hernach von einem Act von Carlos sagt, den er ihm noch zu bezahlen habe, bezieht sich ohne Zweifel auf Abschreiberlohn. Der in jenem Frühjahr voll=

endete Don Carlos mußte in mehreren Exemplaren copirt werden, und in Schiller's Abwesenheit hatte Körner mit den Abschreibern accordirt. S. den Briefwechsel I., S. 92 f.

6) S. 30.

Becker — Wilhelm Gottlieb, geboren 1753 zu Oberkallen-berg im Schönburgischen, seit 1782 Professor der Moral und Geschichte an der Ritterakademie zu Dresden, reiste 1784 nach Italien, von wo er eine reiche Sammlung von Kupferstichen und Handzeichnungen zurückbrachte. 1795 als Inspector bei der Antikensammlung und dem Münzkabinet in Dresden angestellt, machte er sich besonders durch sein Augusteum, Dresdens antike Denkmäler enthaltend, bekannt, von dem Schiller am 4. Januar 1804 an Körner schreibt, es werde von den Kunstverständigen in Weimar sehr gelobt, aber der Herausgeber hätte nicht so viele Worte machen und durch den Text das ohnehin kostbare Werk nicht noch mehr vertheuern sollen. Briefwechsel IV. S. 351, vgl. Brief-wechsel zwischen Goethe und Schiller, zweite Aufl. I. Nr. 136. S. 123 f. Seit 1794 gab er das Taschenbuch zum geselligen Ver-gnügen heraus, das auch Schiller mit Beiträgen bedachte; wofür ein Danksagungsschreiben Becker's vom 25. Januar 1803 im Besitz des Herausgebers ist. Auch für Naturmerkwürdigkeiten interessirte sich der Mann, wie unter Anderem sein 1796 erschie-nenes Kupferwerk: „Der Plauensche Grund bei Dresden mit Hin-sicht auf Naturgeschichte und schöne Gartenkunst", beweist.

Wie Körner, so stand auch Schiller während seines Dresdener Aufenthalts mit Becker in geselligem Verkehr, s. Briefwechsel I,

S. 58, 61, 73; was er aber eigentlich von dem Manne hielt, erhellt aus einem Brief an den in Leipzig abwesenden Körner vom 5. Januar 1787, wo Schiller von seinem halbkranken unproductiven Zustande während der letzten acht Tage spricht und hinzufügt:

„Solltest Du glauben, daß mir Becker beinahe etwas geworden wäre — und ich ihm? Es kam von einem ernsthaften Gespräche über die Religion und Philosophie, wo es mich überraschte, Wärme bei ihm zu finden. Am Ende ist es vielleicht nichts, als sein weiches Naturell, das er dadurch zu Grundsätzen veredeln will. Mir war's ein Phänomen, das ich nicht umhin konnte zu schätzen. Er kam, welches nun freilich bei ihm kein so großes Phänomen ist, er kam auf sich selbst zu sprechen und gestand, daß er sich von vielen Schwächen habe heilen können, aber von einer einzigen nicht, die er sehr gut einsehe — da, glaubte ich, lag das Wort Eitelkeit auf seiner Zunge; denn mir ist's unbegreiflich, daß er diese nicht einsehen sollte." Briefwechsel I. S. 77f.

[7] S. 30.

„Einen ....." — Hier sollte der Name eines berühmten Kupferstechers stehen, aber es fiel dem in diesem Fache wenig bewanderten Schiller augenblicklich keiner, oder doch der nicht ein, mit dem Becker öfters großgethan haben mochte.

[*] S. 31.

Adelung — Johann Christoph, geb. 1732, der berühmte Sprachforscher und Verfasser des Grammatisch-kritischen Wörterbuchs der hochdeutschen Mundart, das 1774—86 erschien.

*) S. 32.

„Dorchen" — d. h. Johanna Derothea, die ältere Tochter
des Kupferstechers Stock, geboren in Nürnberg den 6. März 1759,
längere Zeit mit Huber verlobt, vorzügliche Zeichnerin und Pastell-
malerin, lebte in der Körner'schen Familie bis zu ihrem am
26. Mai 1832 erfolgten Tode.

10) S. 33.

„Schneider Miller." — In einem Briefe Körner's vom
14. October 1788 an den mittlerweile nach Weimar abgezogenen
Schiller lesen wir (Briefwechsel I S. 351): „Schneider Miller
fragt auch manchmal, ob Du nicht bald wiederkämest." Der Zu-
sammenhang, da es sich vorher um Deckung dringender Schulden
handelt, läßt errathen, warum er fragte.

11) S. 34.

„Huber" — Ludwig Ferdinand, geboren 1764 in Paris als
Sohn des später in Leipzig ansässigen Lehrers der französischen
Sprache, Michael Huber, kam 1788 als kursächsischer Legations-
secretär nach Mainz, wo er der Freund Georg Forster's, nach dessen
Tode im J. 1794 sein Nachfolger in der Ehe mit Therese Heyne
wurde. Durch seine Stellung zu der französischen Revolution des
Staatsdienstes verlustig, lebte er von da an geraume Zeit als
Schriftsteller und Journalist und starb nach einem vielbewegten
Leben 1804 als bairischer Landesdirectionsrath in Ulm.

12) S. 36.

„Haase" — Friedrich Traugott, geb. 1754, damals
Amtsactuarius, später Kriegsrath und geheimer Kabinetssecretär

in Dresden, hatte 1776—78 den Dresdener Musenalmanach
herausgegeben, übersetzte und bearbeitete Dramen aus dem Eng-
lischen, schrieb Romane und sandte später einmal Schiller'n einen
Operntext oder etwas der Art für die Thalia ein, den dieser aber
Körner bat, ihm wieder vom Halse zu schaffen (Briefwechsel II.
S. 302 f.). Von Körner war er ein Universitätsfreund, und kam
durch ihn auch mit Schiller, während dieser in Dresden lebte, in
Verkehr. S. Briefwechsel I., S. 69, 93. II. S. 32 (?).

¹³) S. 36.

Hier steht im Manuscript erst: Haase, dann kommt ein vier
Finger breiter leerer Raum, hernach wieder: Haase, mit der hier
folgenden Rede. Der Dichter wollte offenbar Zwischenreden ein-
schieben, die er späterer Ausführung vorbehielt.

¹⁴) S. 36.

„Der Stadtrichter." — In einem Brief an den abwesenden Körner vom 20. April 1786 meldet Schiller, es sei
gestern der „Pachter aus Elysium" bei ihm gewesen und habe ihn
„zu einer großen Wasserreise nach Wittenberg (in seiner Gesellschaft zwischen Himmel und Wasser auf einigen Brettern, rechts
und links die Elbe, daß man nicht ausweichen kann, und in seiner
Gesellschaft) beredet, und versteht sich auch schon gänzlich gestimmt."
Dann nach mehrerem Andern darauf zurückkommend fährt er fort:
„Ich muß Euch den Stadtrichter noch einmal vorführen. Ich habe
ihm seinen Vorschlag nicht ganz abgeschlagen, weil ich mir gern
eine kleine Lust mit ihm machen möchte. Er ist ganz närrisch in

die Idee verliebt, besonders da sie sich auf die höchste Ersparniß
gründet. Der schäbige Geizhals muß reisen und unter allen
möglichen Sorten von Reisen ist ihm diese die wohlfeilste. Er hat
ausgerechnet, daß der Nachen bis Wittenberg zwölf Thaler kosten
sollte. Wenn wir nun zu vieren wären, so käme er für drei Thaler
nach Wittenberg. Daher die Sehnsucht nach meiner Gesellschaft.
Ich sagte ihm, daß ich unendlich gern von der Partie wäre, wenn ich
nicht fürchtete Euch zu beleidigen. Ich hätte die Reise nach Leipzig
ausgeschlagen und würde also nicht wohl eine andere in Vorschlag
bringen dürfen, ohne Euch im höchsten Grade zu erzürnen, sagte
ich. Das beste wäre, rieth ich ihm, er steckte sich hinter Euch und
suchte es durch seine Bereitsamkeit und seinen Einfluß dahin zu
bringen, daß Ihr selbst mir den Vorschlag machtet und es von
mir fordertet. Das wird nun ein himmlischer Spaß werden,
wenn Euch der Pinsel auf den Zahn fühlt. Alsdann rechne ich
darauf, daß die Minna mich batzt, und da werde ich's schief auf-
nehmen und zum Trotz da bleiben. Der Stadtrichter wird als ein
Eintrachtstörer von Euch und von mir angeklagt, und er soll Blut
schwitzen. Das für seinen Geiz." Briefwechsel I. S. 61 f. Nach
dem Namen des Ehrenmannes haben wir unter solchen Umständen
nicht fragen mögen.

¹⁴) S. 37.

Hier, scheint es, müßte Dorchen abgehen. Ihr Name findet
sich übrigens bei ihrem Eintritt mit Bleistift durchstrichen und
Minna darübergesetzt; der Dichter schwankte also, welche seiner
Damen er hier auftreten lassen solle.

---

[16]) S. 37.

„Baffenge" — Carl, Kaufmann in Dresden und Haase's Schwager.

[17]) S. 37.

„Wolfin." — Am 22. April 1787 schreibt Schiller aus Tharandt an Körner: „Der Wolf mache mein Compliment nebst schuldiger Danksagung für ihre Mühe." Briefwechsel I, S. 88. Nachher ist von einer Bierbestellung die Rede. Das sächsische Staatshandbuch für 1787 bietet einen Gottfried Benjamin Wolf als Hofschröter in der Hofkellerei.

[18]) S. 40.

„Graf Schönburg." Unter dem 20. Juli 1788 schrieb Körner aus Karlsbad an Schiller: „Alles wimmelt von Sachsen, besonders von dresdener Adel. Schönburgs sind auch hier; aber wir sehen uns wenig und sind blos höflich. Mir war natürlicherweise um andere Menschen zu thun, aber erst seit ein paar Tagen bin ich nicht ohne Erfolg auf die Jagd gegangen." Briefwechsel I, S. 321. Außerdem spricht Schiller einmal von einer „Schönburg'schen Scene" im Don Carlos (Briefwechsel I, S. 113) ohne daß wir diese Bezeichnung näher zu erklären wüßten.

Welches Mitglied des vielverzweigten erlauchten Hauses im Lustspiel gemeint sei, darnach zu forschen haben wir für überflüssig gehalten, da dieß heutige Leser, denen es um einen billigen Pferdehandel oder um sichere Anlage von Erbschaftsgeldern zu thun sein möchte, doch nichts mehr helfen könnte.

[19] S. 44.

In des Dichters Manuscript finden sich die bedenklichen Worte sedlich ausgeschrieben.

[20] S. 44.

„Kunze" — Kaufmann (Steinguthändler) in Leipzig, Freund und Verwandter von Körner, bei dem dieser während seiner öftern Leipziger Aufenthalte zu wohnen pflegte und dessen Tochter er nach Kunze's 1803 erfolgtem Ableben zu sich nahm; auch mit Schiller befreundet. Briefwechsel I, S. 61, 63, 72, 73, 74, 75. IV. S. 181 (?) 323.

[21] S. 44.

„O Himmel und Erde!" — Aus den Schlußversen des Don Carlos, dessen letzte Acte Schiller dem Körner'schen Kreise kurz vorher vorgelesen hatte. Briefwechsel IV, S. 82.

[22] S. 45.

„Weber." — Im September 1792 lief von einem Weber die erste sichere Nachricht über den Inhalt des Testaments eines in Zerbst verstorbenen Onkels ein, auf dessen Erbschaft Körner seit Jahren gewartet hatte. Briefwechsel II, S. 333. Nach S. 326 glaubte W. (Weber?) schon früher von dem muthmaßlichen Inhalte des Testaments Kunde zu haben, und so ließe sich denken, es sei eben damals eine Mittheilung in dieser im Freundeskreise oft verhandelten Angelegenheit erwartet worden. Weber könnte dann möglicherweise Christian Heinrich Gottlieb Weber sein, der 1798 als Actuarius der Juristenfacultät zu Leipzig gestorben ist.

23) S. 45.

„Der Vetter aus Weimar." — Als es sich im Sommer 1789 um einen Besuch Körner's in Weimar und Jena handelte, führte dieser unter den Gründen, warum er lieber Jena als Weimar zur Hauptstation machen wolle, auch diesen auf: „Ueberdies muß ich mich in Weimar in Acht nehmen, daß mir mein theurer Herr Vetter nicht auf dem Halse liegt." Briefwechsel II, S. 114. Das Weimarsche Kirchenbuch weist einen 1728 gebornen und 1795 verstorbenen Kaufmann Johann Christoph Körner nach, dessen Vater aus Leipzig stammte, und bei dessen Kindern der damalige leipziger Diaconus, M. Gottfried Körner, der Vater unseres Dichterfreundes, in den Jahren 1763 und 1770 zweimal Pathenstelle versah: in ihm haben wir ohne Zweifel den fraglichen Vetter aus Weimar.